L'ORACLE

DE LA

FRANCE,

PARLANT

Au Roy de l'estat present de toutes les Villes de son Royaume.

M· DC· LII·

L'ORACLE
DE LA FRANCE,
PARLANT

Au Roy de l'estat present de toutes les Villes
de son Royaume,

SIRE,

Comme Oracle & Messager des Cieux, ie
viens à vous de la part de celuy qui estant le
Souuerain des Roys, le Monarque supresme
des Monarques & principautez du monde,
qui Enthrosne en sa clemence & bien-veil-
lance, & les Desthrosne en son ire & fureur
quand il luy plaist, vous annoncer deux sor-
tes de Nouuelles du tout contraires, bonnes
& mauuaises, elles seront bonnes si les prenez & receuez auec le niueau & regle de la
verité; mais elles seront mauuaises si vous

les receuez fous le voyle de vos paffions, &
de vos volontez abfoluës, fans prefter l'o-
reille à la raifon qui n'a pour guide que la Iuf-
ftice & la verité.

Sçachez, SIRE, aujourd'huy vne fois
pour toutes, veu qu'il en eft temps, & que
le mal eft a la porte de voftre Cabinet, voire
bien fort alumé aux quatre coins, mais helas!
au milieu de cét Empire François qui gemift,
qui fait entendre les lamentations & iuftes
regrets iufqu'aux limites Eftrangeres, pour
le defordre qui menace de ruyne & defola-
tion prochaine, & voftre perfonne & voftre
Royaume. Reueillez-vous, SIRE, ne dor-
mez plus : Ie vous viens efueiller : ie vous
aduertis, il n'y aura plus de temps deformais,
le feu eft allumé & l'embrazement eft prochain.

Pourquoy eft-ce, SIRE, que Dieu vous
a faict naiftre en la tres-Illuftre & incompa-
rable lignée des tres-Chreftiens Roys de
France : mais encore Fils de Louys le Iufte,
petit Fils de Henry le grand, la merueille des
Rois du monde pour fes rares vertus Heroï-
ques & Royales; Pourquoy eftes-vous Roy
fur le redouté Empire François ? Et qu'en
l'aage

l'aage de quatre à cinq ans Dieu vous a-il
mis le Sceptre en la main droite, la Couronne sur la teste, la main de Iustice en la gau-
che, & l'espée Royalle au costé? pourquoy
est-ce qu'orné de telles pieces & marques
de Souuerain Empire, paroissez-vous au mil-
lieu de nous mortel, n'ayant neantmoins
rien qui ne soit immortel, estant l'Oingt de
Dieu vous ne receuez comparaison que de
vous mesmes. Qui est le Roy dans le grand
Globe & circuit du monde qui soit sacré
d'huyle, enuoyé des Cieux? qui soit appellé
tres-Chrestien & fils Aisné de l'Eglise, sinon
vous? mettez-vous donc a nonchaloir tels
benefices & telles graces que Dieu n'a dé-
parties qu'à vous? Considerez ces choses,
S I R E, & connoissez auec l'œil de la Raison
que vous estes Roy de la belle France, fille
bien aymée des Cieux? Royaume premier sur
toutes Nations. Royaume fleurissant & beny
de Dieu, particulierement d'vn soin paternel
qu'il luy a eslargy en tres-grande abondance,
miracles & merueilles depuis du moins trei-
ze cens ans: Dieu donne-il les Royaumes
aux Roys pour en abuser, pour se donner du
bon-temps, pour remettre les affaires de son

B

Eſtat és mains des Eſtrangers qui ſont Enue-
mis des François, qui abuſant de l'aage, & de
l'authorité du Roy le traiſnent finalement en
ruyne : il n'eſt beſoin icy d'en rechercher les
Exemples. L'hiſtoire Sacrée & les prophanes
en produiſent de gros & infinis Cahyers à la
honte pour la poſterité des Roys, & de leurs
Royaumes deſolez, & venus en décadance.

Manaſſez en la Sacrée page, Ioas, Oſias
jeunes & mal Conſeillez, quelles magies d'i-
gnominies n'ont ils laiſſé; Salomon n'en dira
il rien, mais helas, ſon ieune & temeraire fils
Roboam, comment a t'il eſté deſpoüillé des
dix lignées, ne luy en reſtant que deux ? il a-
uoit receu le conſeil des flatteurs, des pi-
peurs, des flagorneurs, & ieunes gens pernicieux, qui mé priſant les ſages Conſeillers que
ſon Pere luy auoit laiſſés & recommandés, il
s'eſt rendu ennemy de ſon Peuple, l'a meſ-
priſé, l'a foulé & opreſſé : le Peuple auſſi ſe
voyant ainſi outrageuſement traicté, l'a a-
bandonné, & s'eſt reuolté de ſon obeyſſance,
& luy a fait la guerre.

Vous eſtes dans la meſme barque, Sire, ſi
de bonne heure vous n'y prenez garde, vous
deuiez retenir aupres de vous le ſage & bon

conseil que feu le Roy voſtre Pere vous auoit
laiſſé, & remarquez que ce grand Empereur
Frederic a fait heureuſement éclatter par
tout l'Vniuers l'effet de ſon nom, Riche de
foy, monſtrant que tout ſon bon-heur ne con-
ſiſtoit qu'en vne tranquille paix, durant laquelle les Princes & Roys dominent en aſſeu-
rance, ſont aymez, benis & honorez par leurs
Sujets; les Sujets auſſi fleuriſſent en tous
biens.

C'eſt vne choſe tres-dangereuſe qu'vne
amitié deſguiſée; vous auez aupres de vous,
& au deſſus de vous, en voſtre cabinet, & par
tout où vous allez Mazarin, & autres de ſa ca-
bale, qui ſont ennemis capitaux, monſtres
abayans, enchanteurs diſſimulez & cauteleux,
qui ne portent point ſans cauſe le muſc quant
& eux: pourquoy cela? me direz-vous, c'eſt
pour couurir la puanteur de leurs execrables
vices; ha! que ſi le muſc exterieur pouuoit
eſtre l'interieur de leurs meſchancetez, quel
bien pour toy, ô France, de voir ton Roy
deſenchanté, deſcharmé, les yeux ouuerts
pour voir & échapper le mal qui le menaſſe.

Laiſſez-vous donc, Sire, conduire à la verité; donnez-luy la palme, vous ſerez victo-

rieux par icelle comme ce grand Roy, duquel il est parlé au troisiesme Liure du voyant Esdras, chapitre quatriesme ; cettuy-cy ne voulut iamais auoir que gens vertueux prés de lui, ayant tousiours cecy en bouche, *Vinum Rex mulier cedunt simul omnia vero :* Le vin, le Roy, la femme sont tres-forts ; mais verité est encore plus forte, c'est à icelle que vous deués vous tenir, & chasser ces Mazarins enchanteurs & trompeurs, qui ont plus d'inuentions, de tours, de ruses, & de finesses que iamais eut le Magicien Prothée : voyez-vous pas que leurs meschantes pratiques les ont tellement guindez au dessus des plus belles fortunes de la France, qu'il vous sera peut-estre impossible de les en déposseder, & par ce moyen ont abusé & abusent de iour en iour de vostre bonté, & de celle des François. Le ieune serpent est venimeux, mais non pas tant que lors qu'il est deuenu grand & fort, & qu'il a les dents fortes & mortelles.

Mazarin est entré en Renard & cauteleux, il a plumé la poule à son aile, ayant gaigné le Poulailler, & apres s'estant veu en la pleine possession de vostre personne, & de vos biens particuliers, mais aussi de toute la France : il

a com

a comme trompeur qu'il est, enuahy & posse-
dé en peu de temps ce que de grands Princes
& Seigneurs, & Gentils-hommes ont autre-
fois acquis auec longueur de temps, & tra-
uaux inombrables par bons & loüables serui-
ces à la Couronne, qui leur donnera à iamais
le guerdon honnorable de leurs fidelles la-
beurs, & Mazarin qui est vn Estranger auec les
siens ont esté indignement esleuez en la mai-
son des Enfans legitimes: qu'ont-ils fait, ils
ont pillé, & pillent encore, & pilleront ius-
qu'au reste, le tout si vous n'arrestez le cours
de leur ardeur desmesurée & insupportable.

   Mais quelle honte, Sire, quel deshonneur
non seulement à vous, mais quel vitupere &
ignominie à la France & à tous vos bons Sujets qui soûpirent & gemissent de voir que
vous estant Roy Souuerain sans pair & com-
pagnon, vous soûmettiez vostre puissance &
vostre authorité, de nul autre communicable,
à des mazarins qui sont de vrais serponteaux,
des harpies, des affamez, des gueux, des
estrangers. Que vous permettiez qu'vn Cardinal Mazarin loge chez vous, & soit si impu-
dent & temeraire que de vous enuoyer de-
mander si vous voulez aller dans sa chambre;

qu'eſt-ce à dire cela ? quelle mocquerie permettrez-vous long-temps que ce bouffon, ce hapelourdier, qui ſe mocque de vous, & des Grands de voſtre Royaume ; ce que les gens de bien ſous iuſtes & equitables demande, requierent de voſtre Majeſté, ce pipeur l'obtienne incontinent & ſans refus.

Si ce mal-heur continuë, adieu voſtre France, adieu voſtre Eſtat, adieu voſtre Couronne, ce que Dieu ne vueille, car l'audace des Mazarins, ou pluſtoſt leur fiere & deſeſperée ambition leur a donné telles aiſles, & ſi fortes, qu'ayans vn tel pouuoir & authorité dans voſtre Royaume, & aupres de vous, ils voudront bien-toſt départir le Royaume, comme il y a quelque temps que fut le Royaume de Boheme en l'Empire ; l'vn voudra auoir la Couronne, l'autre le Sceptre, l'autre l'Eſpée, l'vn l'Or & l'autre l'Argent de vos Coffres & Finances ; l'autre les Terres & Gouuernemens de vos Prouinces, & l'autre l'authorité Souueraine de commander par tout abſolument. Et qu'auriez-vous apres tout cela, que deuiendra voſtre authorité ? que deuiendront vos Places & vos Finances ? que ne peuuent pas dire les Princes de voſtre Sang, & autres, qui

font le Bras fort & Deffenseur de voftre Eftat,
quelle contenance doiuent ils tenir, voyant
des affamez, au lieu de manger le pain de leur
table, difpofer haut & bas, fans refpect des
biens de la maifon, & fe voyans ainfi priuez
de leurs droicts, honneurs, préeminences, pre
rogatiues, que doiuent ils faire apres cela ;
vous le iugerez, Sire, aifément, & verrez que
ces chofes leurs ont efté des portes ouuertes
& mefcontentement de iufte colere, les ont
obligé de prendre les armes contre le Cardinal Mazarin, affin de le depofleder de ce qu'il
occuppe iniuftement, & l'efloigner de France
comme eftant la caufe de fon mal-heur ; &
mettre par ce moyen vous & eux, & tour le
Peuple en repos ; car il eft vray que la plupart
des fauoris des Roys caufent fouuent leur
ruine totalle.

Les Exemples de cecy tant Enciens que
Modernes, n'en rendent que trop de refmoi-
gnages : i'en prendray vn feulement qui eft
du tout funefte & lamentable en la perfonne
d'vn de vos predecefleurs, qui a efté le vingt-
neufiefme Roy des François, & leur dernier
Empereur, q'a efté Charles le Gros qui pour
auoir mieux aymé l'Eftranger que fes pro-

pres ſuiets, ne tenant conte d'eux, ny de l'adminiſtration des affaires de ſon Royaume, ſe vit comme en inſtant la bute de tout malheur & d'infamie immortelle, & exemplaire a ſes Succeſſeurs.

Il fut degradé du Royaume & de l'Empire, & ſe trouua ſeul ſans vne pauure maiſonnette pour faire ſa demeure : dechaſſé ignominieuſement de ſon Palais & demeure Royale, & confiné honteuſement à vn pauure village de Suaube en Allemagne, où il acheua ſes iours en extreſme diſotte ſans ſecours d'aucun: ſans eſtre regretté de perſonne : bref, ô miſere! ſans pain, ſans honneur & moyens: ô hiſtoire eſpouuentable pour des Roys! Voyant, Sire, & entendant tel exemple, permetterez vous encore long-temps que le Cardinal Mazarin vous traiſne, & emporte par tout où ſon plaiſir le porte: ha! qu'il ſçait bien que ſon cas eſt ſalé par deçà, c'eſt pourquoy il vous fait eſloigner de Paris, au grand preiudice & regret de vos bons & fidelles ſeruiteurs, qui languiſſent ſe voyant priuez de l'agreable preſence de voſtre Majeſté, & par les meſchantes menées, brigues & meſchants raports de ces homme pernicieux, & ſous le maſque faux
d'vne.

d'vne diffimulée amitié enuers vous, s'eſt bien
fait payer de ſes iournées par les Eſcheuins,
Maires & gouuerneurs des Villes à voſtre deſ-
ceu, Sire, Exigeant ſecretement des ſom-
mes enormes pour aſſouuir ſa damnable aua-
rice, en aigriſſans par ce moyen les cœurs &
courages de vos ſubjets, qui s'eſtant veus pin-
cez ſi viuement par cette ſangſuës alterée, laquelle s'eſt enyuré de leur ſang, cela les a obli-
gez a vn grand meſcontentement, & leur
murmure eſt merueilleux, tous ſe plaignent,
on entend aujourd'huy que plaintes que pro-
pos rudes & picquants. Voſtre peuple s'eſt
émeu & eſt en mauuaiſe & ſiniſtre opinion de
voir que vous auez abandonné voſtre ville de
Paris, & auez laiſſez vos ſujets à l'abandon,
ſous la fauſſe ſuggeſſion & mauuais raport du
Cardinal Mazarin : car ce meſchant & pernicieux hôme empeſche que nous ayons temps
& lieu ny occaſion de vous dreſſer nos plaintes, ny ayant que luy qui tient voſtre oreille,
voſtre volonté & voſtre authorité en ſa main,
& ne pouuez par ce moyen eſtre aduerry de
ſes deſloyales pratiques, ny du mal-heur de
voſtre Peuple, la deſolation eſt prochaine, &

D

l'embrazement est prochain, car le Cardinal
Mazarin y a porté le bois, le feu, & les souf-
flets.

Sçachez, SIRE, que la trop grande fa-
miliérité causa la ruyne totalle à ce grand
conquesteur de Terres & Prouinces : Cesar
premier Empereur des Romains, on l'aduer-
tissoit de tous costez, Prenez garde, vous dé-
clarez trop ouuertement vos secrets & vos en-
treprises à vos deux nepueux Cassius & Brutus,
ils vous trahirons, & en serez marry à la fin. Il
n'adiousta iamais foy aux sages remonstrances
de ses bons Conseillers.

Qui en aduint il sa ruine & dommage, ils le
tuèrent en son siege, de vingt-deux playes
mortelles, lors que moins il y pensoit. Il ne
faut pas mespriser les serieux aduertissemens
des hômes sages & fidelles, & ne faire comme
ce fol Roy Architas qui estans aduerty de
la conspiration qui luy estoit brassée, il dit
se mettant à table pour souper à demain les
affaires, à demain, mais il ne le vid pas le
landemain, car au milieu de son souper il
fut poignardé, c'estoit bien remettre à demain les affaires, le dormir & la noncha-

lence font dangereux, principalement à vn
Roy qui doit toufiours defpendre plus en
raifon qu'en fa volonté propre. Ce qui vous
doit plus efveiller & émouuoir Sire, c'eft
que non pas vn deux ou trois cents vous
aduertiffent des mefchantes menées &
pratique du Cardinal Mazarin, mais toute la France crie mifericorde: Sire, tout fe
perd, vous vous perdez & nous (*vox populi
vox dei*) la voix du Peuple c'eft la voix de
Dieu, les eftrangers mefmes, & les Princes
eftrangers s'en eftonnent, ils font efbahis
qu'vn homme inconu & chetif mercenaire
ayt gaigné tel credit auprés vous, & fe foit
agrandis au deffus des Princes & des
Grands à voftre perte.

Mais ie parle à toy, ô defolée France,
voyant ton mal-heur, quel defaftre? ô
pauure France, que tu voyes ce mal-heu-
reux ingrat, ce pernicieux homme rauir le
plus beau de ta ioye, t'enleuer ton Roy, &
tu ne fçais ce qu'il en fera, le faire courir
apres fes volontez, bref le perdre fi Dieu n'a
pitie de toy? ô grande douleur de le voir
accompagner & fortifier des fatelites Ma-

zarins qui t'anime, & ton ieune Roy pour
vous perdre & deſtruire, *Dilationem pœnas*,
dit le Prouerbe, *inuitamur ad maiore mala*,
en differant le ſupplice des meſchans on eſt
porté à des maux noûueaux & plus grands;
ha! Sire, que tres-bien diſoit voſtre ſage
Ayeul S. Louys, que le Roy qui peut punir le
meſchant, il eſt auſſi coupable que luy ſi il ne
le chaſtie, vous deuez mettre en effet vne
telle & ſi belle s'entence, puis qu'on vous
monſtre a deſcouuert les méchancetez d'vn
C. M. *quod leges ſiné moribus*, diſent les Iu-
riſconſultes, que ſeruent les Loix ſans les
mœurs, qu'eſt-ce qu'vne Ville ſans Loix, vn
Roy ſans le Peuple & main de Iuſtice, comment Sire, vous reconnoiſtra-on pour vray
Roy, pour Pere & Protecteur de voſtre Peuple, ſi tout le premier vous ne portez le flam-
beau de vertu pour eſclairer voſtre Peuple,
ſi vous endurez auprés vous les meſchans &
pernicieux, qui vous honora? ſi vous auez
auprés de vous des flatteurs, des trompeurs,
des flagorneurs, qui croira que vous auez
le droict & l'equité que les marques eſſen-
tielles d'vn bon Roy, ſi vous endurez d'auan-
ge

ge les mazarins qui sont des Apoloniens, des
destructeurs de vostre renommée, de vos
biens & du total de la France, estimez vous
qu'on die que nous auons vn Roy benin, &
debonnaire, vn protecteur & deffenseur de
nos biens, enfans & viés, voycy vn mauuais
coup de Roys, Sire, qui se seruent de flateurs
de traistres & ennemis de l'Estat, où dit
l'encien Prouerbe, que ceux qui demeurent
en leurs Cours sont forcenez, & desirent
viure mal heureux, imitez plustost Voltre
Sage & de vos predecesseur Clouis, qui a
regné quinze ans Payen & quinze ans Chre-
stien, & ayant reconnu la verité il da deffon-
dit tousiours auec l'Espée & se fit renommer
en Iustice, pieté, clemence, & force, & de-
chassa tous mauuais Conseillers, & gens ma-
lins reconnus tels, imitez aussi ces braues
Roys, Iosias, Ogias, Salomon, Dauid &
autres Roys recommendez en l'Escriture
Saincte, vous flerirez par iustice qui est la
basse & le fondement de toutes vertus lors
que vous chasserez d'aupres vous les mes-
chans qui sous couleurs de feinte, vous trom-
pent & deçoiuent, ce sont des monstres inhu-

E

mains qui infeſtent par tout ou ils paſſent. Ie
vous prie Sire, pourquoy eſt-ce que Ciceron
au premier de ſes Tuſtulanes appelles Rha-
damante iuge d'en-fere inexorable, parce
qu'il faict les iugemens ſans corruption? on
vous dit, on le crie, on publie par tout, & de
voix & d'eſcris on ne s'en peut plus taire,
que le Cardinal Mazarin & ſes ſupoſt vous
pillent, vous enchantent, vous perdent, &
voſtre pauure France, voſtre pauure Peuple
oppreſſé par eux; crie, gemiſt & ſe plaint:
vous dreſſe ſes complaintes, ſerez-vous inexorable a ſes iuſtes prieres, mais bien pluſtoſt
ſoyez inexorable aux mazarins, chaſtiez-les
en voſtre iuſte colere & iuſtice, ſans leur bail-
ler plus ſi longues reſnes vſez enuers eux de
voſtre iuſtice, laquelle doit eſtre comme la
mort qui ne pardonne a petit ny a grand, à
foible, ny fort, a riche, ny pauure? bref a nul
mais, Sire, helas: finalement, oubliez-vous
voſtre bonne Ville de Paris, laquelle vous
eſt tres fidelle, aura-elle voſtre mal grace par
la tromperie des Mazarins, auſſi n'aduienne
Sire, que vous oſtiez le pain de la main de
vos enfans pour le donner aux chiens, enne-

mis mercenaires estrangers, & quoy a vostre
France luy serez-vous rigoureux, vostre Paris qui est la meilleurs Ville du monde, sera-
elle iniustement haye de vous, son Roy &
Pere, Paris dis je Ville Capitalle de vostre
Royaume, le Throsne sacré de la venerable
iustice, où les dieux tutelaires d'icelles pro-
noncent leur iustes Arrest, mais plustost
Oracles, France qui est heureuse en manne
nouuelle qui entourée d'espies & de raisins
nourrit les siens de ses biens & ses voysins
plus esloignez, Paris encore Throsne Sacré
ta redouté de nos bons Roys tres Chrestiens
viendra-il en vostre haine par l'enuie du Cardinal Mazarin, homme estranger & inconneu,
non car vous estes Louys Auguste de Dieu
donné qui connoistrez ce pipeur & le con-
noissant vous le chastires selon ses demerites
& forfaict pour exemples & memoire à tous
autres pernicieux, que comme luy voudroit
troubler vostre repos, & celuy de tous vos
bons sujets, qu'il puisse donc Sire, a vostre
Maiesté mettre vostre Royaume en repos, &
donner la Paix à vostre Peuple qui vous la
demeude si honnestement, & pour lequel

ie vous prie auec tant de feruenr defcouter
fes inftantes supplications, & accorder vne
fi iufte & fi legitime demande, & vous ne
pouuez Sire par vn meilleur moyen mettre la
France en repos que dien chaffer fon perfide
ennemy qui auffi pareillement eft le voftre,
car pour efloigner le Cardinal Mazarin, vous
en auez tant efté prié de la part des Princes,
de voftre Parlement, de voftre Peuple, & moy
qui vous en prie de la part de Dieu, faicte
que i'aye quelque pouuoir fur voftre Majefté,
ne me refufez pas dans ma fuplication &
humble requefte.

C'eft l'Ambaffade donc i'ay eu charge de
faire par deuers voftre Maiefté, execute-lez
Sire, fi defirez l'honneur de Dieu qui vous
a faict Roy, le bien de voftre Peuple la joye
& contentement des gens de bien en l'extir-
pation de cét ennemy iuré de la France, les
voix de voftre bon peuple, vous rendrons
recommandable & aymé d'vn chacun, &
finalement comblé de benedictions tempo-
relles, fpirituelles & eternelles, vous iouirez
des biens du Ciel en la compagnie des Ef-
prits bien-heureux à iamais, auant que me
dé-

départir de voſtre preſence. Sire, ie fay pour
vous cette priere à celuy qui m'a enuoyé, di-
ſant.

Dieu Souuerain Monarque de toutes choſ-
ſes, qui tenez les cœurs des Roys en vos
mains, affermiſſez l'Empire de ce ieune Roy,
que vous auez choiſi pour gouuerner voſtre
Fille la France. Regardez-le touſiours de
voſtre œil debonnaire, rendez ſes entrepriſes
heureuſes, chaſſez de luy le trouble de noſtre
repos, mettez-le auec les Princes & le peuple dans vne bonne & durable paix, afin que
nous puiſſions viure ſous ſon regne dans vne
parfaite vnion & concorde.

Lecteur, ie t'aduiſe qu'apres auoir ache-
ué ma piece, & que l'impreſſion en eſtoit
faite, il m'eſt venu nouuelle que le Cardinal Mazarin s'en alloit, ce bruit eſt deſia
reſpandu dans Paris, mais ie t'en veux aſſeu-
rer au vray, ſçache donc, que ſa Majeſté a
enfin conſenty à cét Eſloignement, & qu'elle
a eſté vaincuë à tant de iuſtes Supplications:
Mais plutoſt ie veux croire que Dieu luy a
touché le cœur pour luy faire accorder en vn
moment, ce que par tant de temps il auoit

F

refusé, & lorsque par vn celeste bon-heur, Il
se verra deliuré & nous aussi de ce misera-
ble Cardinal, qui a causez des maux inombrables à la France. Tout reprendra sa pre-
miere vigueur, toutes choses seront resta-
blies dans leurs fonction ordinaire, & Paris
repossedera son Roy; c'est ce qu'en bref nous
esperons dans peu, nous, aussi nos Princes
dans vn éclat pompeux auprés de sa Majesté,
ils reuiendront reprendre les places qu'vn in-
juste Vsurpateur auoit pris sur eux : Il faut
donc croire qu'vne heureuse Paix nous va ti-
rer de nos langueurs, & que cette Fille d'En-
fer, cruelle & meurtriere guerre prendra fin,
puisque celuy qui l'auoit allumée, & qui l'en-
tretenoit, nous va quitter au grand bien de
toute la France. I'espere bien-tost mon cher
Lecteur, de dire la route qu'il doit tenir, mais
pour commencer ta ioye, ie t'ay voulu asseu-
rer de sa sortie qui sera dans peu de iours.

F I N.